AF611799

8.

LES GENIES,

BALLET

REPRÉSENTÉ
POUR LA PREMIERE FOIS,
PAR L'ACADEMIE ROYALE
DE MUSIQUE;

Le Jeudy dix-huit Octobre 1736.

DE L'IMPRIMERIE
De JEAN-BAPTISTE-CHRISTOPHE BALLARD,
Seul Imprimeur du Roy, & de l'Academie Royale de Musique.

M. DCC XXXVI.

AVEC PRIVILEGE DU ROY.

LE PRIX EST DE XXX. SOLS.

AVIS.

DAns le tems que l'Auteur des Elements travailloit à son Poëme, je m'étois attaché au même sujet, sans avoir eu la même idée. Des Personnes de goût à qui je montrai mon ouvrage, me conseillerent de le faire paroître; mais la réputation de l'Auteur & le succès de son Ballet, condamnerent le mien à ne pas voir sitôt le jour: je ne m'y suis déterminé qu'après avoir vû quelques-unes de mes idées sur le Théatre. Pour mieux meriter la curiosité du public, je fais paroître sur la Sçene une nouvelle Muse qui a mis cet Opera en musique. Quelque sort qu'il puisse avoir, après avoir fait ce que j'ai pu pour plaire, le beau Sexe me saura du moins quelque gré de faire connoître une Jeune Muse qui possede un talent unique, qui donne un nouvel éclat aux graces de son sexe, & qui par le même talent merite son suffrage, & l'indulgence du public.

PROLOGUE.

ACTEURS CHANTANTS.

ZOROASTRE, Mr. Chassé.

Troupe de Genies de la Terre, de l'Eau, de l'Air, & du Feu.

L'AMOUR, Mlle. Fel.

Troupe de Plaisirs & de Jeux.

ACTEURS DANSANTS.

GENIES ELEMENTAIRES;

ONDAINS;

Monsieur Malter-C. Mademoiselle Dalmand.

GNOMES;

Monsieur Matignon. Mademoiselle Fremicourt.

SILPHES;

Monsieur Hamoche. Mademoiselle St.-Germain.

SALAMANDRES;

Monsieur Malter-L. Mademoiselle Courcelle.

JEUX ET PLAISIRS;

Mademoiselle Le Breton;

Messieurs Dupré, Dumay;

Mesdemoiselles Petit, Durocher, Rabon, Thybert.

PROLOGUE.

Le Théatre représente un Desert.

SCENE PREMIERE.

ZOROASTRE.

IL est tems que mon Art instruise les Mortels.
Dans les secrets des Dieux le premier j'ay sçu lire:
Méritons comme eux des autels,
Et montrons mon pouvoir à tout ce qui respire.

Esprits soumis à mes commandemens,
Venez remplir mon esperance,
Rassemblez-vous des divers Elements,
Et signalez ma gloire & ma puissance.

SCENE II.

ZOROASTRE, ET LES GENIES.

ZOROASTRE.

QUe la Terre, le Feu, que l'Onde, que les Airs
Découvrent les tresors que mon Art fait éclore;
Volez, dispersez-vous du Couchant à l'Aurore,
De vos bienfais remplissez l'Univers.

CHOEUR. *Que la Terre, &c.*

DANSE POUR LES GENIES.

On entend une douce Harmonie qui annonce la descente de l'Amour.

ZOROASTRE.

Quels bruits! quels doux accords! quelle clarté nouvelle!
L'horreur de ces deserts disparoit à mes yeux!
Quel Dieu descend de la Cour immortelle,
Pour venir embellir ces lieux?
Ah! je le reconnois à sa douceur extrême,
C'est l'Amour! & quel Dieu se fait sentir de même!

SCENE III.

L'AMOUR, ZOROASTRE, LES GENIES.

L'AMOUR.

Tout obéit, tout s'éveille à ta voix!
Tu déchaines les Vents, tu fais trembler la Terre!
Tu souleves les Flots, tu lances le Tonnerre;
Mais l'Amour seul ne connoit point tes loix.

ZOROASTRE.

Tout reconnoit votre pouvoir suprême,
Regnez, commandez, Dieu charmant;
Il n'est point de plus doux moment,
Que l'instant où l'on dit qu'on aime.

L'AMOUR.

Qui vous amene en ces déserts?
A de nouveaux Sujets je viens donner des fers.
Peuples des Elemens, connoissez ma puissance;
Je regne sur tout l'Univers,
Eprouvez en ce jour les traits que l'Amour lance.

Les maux qu'ils font, doivent être plus chers
Que les biens de l'indiférence.

Accourez Jeux charmants, volez tendres Amours,
Formez les plus galantes Fêtes;
Quand on aime, tout âge est l'âge des beaux jours.
Plaisirs, lancez mes traits, étendez mes conquêtes.

SCENE IV.

L'AMOUR, ZOROASTRE, LES GENIES, Troupe de Plaisirs & de Jeux.

L'AMOUR.

AImez-tous, cédez à l'Amour,
Eprouvez le poids de ses chaines;
Il vous offre dans ce beau jour
Des plaisirs plutost que des peines.
Profitez de l'heureux moment,
Il n'est pas toûjours favorable;
Le caprice amene l'instant,
L'Amour le rend aimable.

CHOEUR.

Du doux bruit de nos chants que ces lieux retentissent,
Les Amours & les Jeux, pour nos plaisirs s'unissent;
Aimons, goutons mille douceurs,
L'Amour les promet à nos cœurs.

FIN DU PROLOGUE.

PREMIERE ENTRE'E,

LES NYMPHES.

ACTEURS CHANTANTS.

LEANDRE,	Mr. Tribou.
ZERBIN,	Mr. Cuvillier.
LUCILE,	Mlle. Duguet.
LA PRINCIPALE NYMPHE,	Mlle. Antier.
UNE NYMPHE,	Mlle. Varquin.

Troupe de Nymphes & d'Ondains.

ACTEURS DANSANTS.

ONDAINS ET NYMPHES;

Monsieur Malter-3. Mademoiselle Mariette;

Messieurs Bontemps, Matignon, Dangeville, P-Dumoulin.

Mesdemoiselles Le Breton, Dalmand;

Mesdemoiselles Durocher, Petit, Thybert, Fremicourt, Saint-Germain, Centuray.

DEUXIE'ME ENTRE'E,

LES GNOMES.

ACTEURS CHANTANTS.

ZAIRE, Mlle. Pellicier.

ZAMIRE, *Confidente de* ZAIRE, Mlle. Duguet.

UN GNOME, *sous le nom d'*ADOLPHE, Mr. Dun.

UN GNOME *Indien*, Mr. Dumast.

Troupe de Gnomes, sous la forme de divers Peuples Orientaux.

ACTEURS DANSANTS.

PEUPLES D'ORIENT.

Monsieur Dupré;

Messieurs Malter-C., Matignon;

Messieurs Savar, Javillier-C, Dumay, Dupré, F-Dumoulin, P-Dumoulin.

Mesdemoiselles Rabon, Petit, Dalmand, Fremicourt, Saint-Germain, Courcelle.

ACTEURS CHANTANTS dans les Chœurs de ce Ballet.

CÔTE' DU ROY.

Meſdemoiſelles.

Dun.
Ducoudray.
Delorge.
Gouſſier.
Varquin.
Anteaume.

Meſſieurs.

St. Martin.
Lefebvre.
Louette.
Marcelet.
Deshais.
Buſeau.
François.
Dupleſſis.
Rimbault.
Le Myre fils.

CÔTE' DE LA REINE.

Meſdemoiſelles.

Antier-C.
Thetelette.
Lavalée.
Deshaigles.
Benard.
Perſon.

Meſſieurs.

Le Myre.
Deſerre.
Thurier.
Dautrep.
Galard.
Grolier.
Houbault.
Bourque.
Bornet.
Lorette.

On vend la Muſique de ce Ballet, en une partitio in-quarto, reliée, 15. li

Le Recueil general des Paroles des Opera a préſente ment quatorze Volumes, qu'on vend enſemble, 35. li

On vend ſeparément les trois derniers, 9. li

LE

LES GENIES, BALLET.

PREMIERE ENTRE'E.

LES NYMPHES, OU L'AMOUR INDISCRET.

Le Théatre représente un agréable Jardin sur le bord de la Mer.

SCENE PREMIERE.

LEANDRE, ZERBIN.

LEANDRE.

Iens être le témoin du bonheur qui m'enchante,
C'est dans ces lieux qu'Amour répond à mes desirs ;
Sans exiger de moi ni larmes ni soupirs,
Il rend ma flâme triomphante.

ZERBIN.

Ah ! si ce Dieu comble vos vœux
Ne le faites jamais parêtre ;
Un cœur dans l'empire amoureux
Devroit, pour être plus heureux,
Douter toûjours de l'être.

LEANDRE.

Les plaisirs dont l'Amour sçait enchanter les sens,
Satisfont les desirs d'un Amant qui soupire ;
Pour moi, libre du soin de ces tendres Amans,
Non, non je ne les ressens,
Qu'autant que je puis les redire.

ZERBIN.

Qui ne sçait garder le secret,
Goute peu de douceurs parfaites,
Elles n'ont jamais été faites
Pour un Amant indiscret.

Quel objet vous retient dans cet heureux azile?
Venez-vous attendre Lucile ?

LEANDRE.

Un Objet plus charmant m'arrête dans ces lieux,
Zerbin, il va bientôt sortir du sein de l'onde
Pour me rendre l'Amant le plus heureux du monde ;
Demeure, son abord va surprendre tes yeux.

Jamais la Reine de Cythere
N'a brillé de tant d'appas,
L'Amour ne connoît plus sa mere,
Depuis qu'il suit les pas
De l'aimable Objet qui m'enchaîne:
Son char conduit par les Zéphirs,
Vole sur la liquide plaine;
Les vents à son aspect, retiennent leur haleine,
Les ris, les jeux & les plaisirs
Folâtrent sans cesse autour d'elle;
On ne sçauroit voir cette Belle,
Sans former de tendres desirs.

Lucile vient, j'évite sa présence
Elle me croit constant, que je plains son erreur!

ZERBIN.

Dois-je de son amour affermir la constance?

LEANDRE.

Ce n'est plus un secret que ma nouvelle ardeur.

SCENE II.

LUCILE, ZERBIN.

LUCILE.

AZile des plaisirs, beau lieu rempli de charmes,
Offrez à mes regards l'Objet de mon amour.
Mon cœur en son absence éprouve des allarmes
Que rien ne peut calmer, que son heureux retour.

Azile des plaisirs, beau lieu rempli de charmes,
Offrez à mes regards l'Objet de mon amour.

ZERBIN, à part.

Merite-tu Volage, un cœur si tendre?
Pour qui reserve-tu tes plus funestes coups,
Cruel Amour?

LUCILE.

Zerbin.

ZERBIN.

Je parle de Leandre.
C'est un Amant...

LUCILE.

Hé quoy?

ZERBIN.

Trop indigne de vous.

LUCILE.

Quoy? Leandre, Zerbin!

ZERBIN.

Leandre vous adore;
Mais à d'autres qu'à vous, Leandre en dit autant.

LUCILE.

Après tous ses serments, l'Ingrat me trompe encore.

ZERBIN.

Affectez quelque changement
Pour vous vanger de cet outrage;
C'est s'assurer de son Amant,
Que de feindre d'être volage.

LUCILE.

Amante infortunée, helas!
Mes ſoupirs, mes regards trahiroient ce miſtere;
Ma bouche lui diroit que je ne l'aime pas,
Et dans mes yeux il liroit le contraire.

Venez, juſte Dépit, venez à mon ſecours,
Banniſſez de mon cœur un Amant infidele;
Que de plus conſtantes amours
Allument dans mon ame une flâme nouvelle.
Venez, juſte Dépit, venez à mon ſecours,
Banniſſez de mon cœur un Amant infidele.

ZERBIN.

Mais, c'eſt luy qui vient dans ces lieux:
Pour connoître ſon cœur, cachez-vous à ſes yeux.

LUCILE.

L'Ingrat! je l'aime encor, malgré ſon inconſtance.

ZERBIN.

Venez, évitez ſa préſence.

SCENE III.

LEANDRE.

REviens cher Objet de mes vœux;
Déja l'Aſtre du jour éteint ſes feux dans l'Onde,
Il eſt temps à mes vœux que ton amour réponde,
Viens rendre ton Amant heureux.

On entend une douce Harmonie; la Nymphe paroît ſur une Conque Marine, ſuivie de ſa Cour.

SCENE IV.

LEANDRE, LA PRINCIPALE NYMPHE, & sa Suite; Troupe d'ONDINS ET DE NYMPHES.

LEANDRE.

QU'éloigné de vôtre présence,
J'ay souffert de maux rigoureux!
Mais que ces maux sont doux lorsqu'après vôtre absence,
Je revois encor vos beaux yeux?

LA PRINCIPALE NYMPHE.

Ah! quel aveu charmant, qu'il m'est doux de l'entendre!
Amour, mes vœux sont satisfaits,
La gloire de regner sur un cœur aussi tendre
Est le plus cher de tes biensfaits.

ENSEMBLE.

Amour, viens-nous unir de tes plus douces chaînes,
Vole, répons à nos desirs;
Nos cœurs ne sont point faits pour éprouver tes peines,
Ne nous offre que tes plaisirs.

LA PRINCIPALE NYMPHE.

Nymphes, vous qui formez ma Cour la plus brillante,
Vous Habitants des mers qui vivez sous mes loix,
Rassemblez-vous Troupe charmante,
Venez, accourez à ma voix.

On danse.

LA PRINCIPALE NYMPHE.

Chantez dans ce riant boccage,
Célébrez de l'Amour les triomphes divers,
Il retient sous son esclavage
Les Cieux, la Terre, & les Enfers;
Qu'il regne autant sur ce rivage,
Qu'il regne dans le sein des Mers.

CHOEUR.

Chantons, &c. On danse.

LA PRINCIPALE NYMPHE.

Amour, tu réponds à mes voeux,
Triomphe à jamais de nos ames,
Ce n'est qu'en éprouvant tes flâmes,
Que les cœurs peuvent être heureux.

Tous les Oiseaux de ces boccages
Sous tes loix goutent des douceurs.
Ils ne raniment leurs ramages
Que pour célébrer tes faveurs.

Triomphe à jamais de nos ames,
Amour, &c. On danse.

UNE NYMPHE.

Rions, chantons sous cet ombrage,
Tout y répond à nos desirs,
L'Amour y cache les plaisirs
Dont nôtre printemps fait usage.

CHOEUR. *Rions, chantons*, &c.

LA NYMPHE.

Sans ſoins, ſans crainte des jaloux,
Nous nous livrons à la tendreſſe ;
Et le Dieu d'amour ne nous bleſſe,
Que pour nous faire un ſort plus doux.

CHOEUR.

Rions, chantons ſous cet ombrage,
Tout y répond à nos deſirs ;
L'Amour y cache les plaiſirs
Dont nôtre printemps fait uſage.

LA PRINCIPALE NYMPHE, à LEANDRE.

Tout prévient icy vos deſirs,
La ſévere Sageſſe, & la Raiſon cruele
Ne ſçauroient troubler nos plaiſirs ;
Mais ſoyez-moi toûjours fidele.

ENSEMBLE.

Aimons-nous, aimons-nous d'une ardeur éternelle.

SCENE V.

SCENE V.

LA PRINCIPALE NYMPHE, & sa Suite.

LEANDRE, LUCILE, ZERBIN.

LUCILE.

Poursuis, Ingrat, poursuis Volage, Amant sans foi,
Fais éclater tes feux auprès de cette belle:
Va, tu peux lui jurer une ardeur éternelle
Que ton cœur n'a promis qu'à moi.
Perfide, garde-toy de paroître à ma vûe;
C'en est fait, pour jamais mes liens sont rompus.

LEANDRE.

Hélas! je vous ay donc perdue,
Lucile, vous fuyez!

ZERBIN.

Vous ne la verrez plus.

LA PRINCIPALE NYMPHE.

Ah! puis-je soûtenir un si sanglant outrage,
Sans immoler un traitre à ma fureur?
Je sens que mon amour s'abandonne à la rage,
Perfide, sauve-toy de mon couroux vangeur.

LEANDRE, à ZERBIN.

Allons chercher Lucile, & pour fléchir ſon cœur,
Jurons à ſes beaux yeux la plus fidele ardeur.

LA PRINCIPALE NYMPHE.

Que tout ſerve icy ma colere
Pour haïr un Ingrat qui m'avoit trop ſçu plaire.

Venez tyrans des airs, Aquilons furieux,
Excitez ſur ce bord le plus affreux orage;
Que les flots irritez s'élevent juſqu'aux cieux,
Vangez-moi, lavez mon outrage,
Innondez pour jamais ces lieux.

On voit les Flots ſe ſoulever.

FIN DE LA PREMIERE ENTRE'E.

DEUXIE'ME ENTRE'E.

LES GNOMES
OU
L'AMOUR AMBITIEUX.

Le Théatre représente une Solitude, bornée par un Bosquet.

SCENE PREMIERE.

ZAIRE, ZAMIRE.

ZAIRE.

Ouce Erreur, aimable Chimere,
Pourquoy faut-il que la clarté du jour,
Chasse l'espoir dont me flâtoit l'amour?
Et que tu ne sois plus qu'un bien imaginaire?

ZAMIRE.

Zaire, arrêtez-vous? qui vous guide en ces lieux?
Vos ſens ſont agitez, mille douces allarmes
D'un éclat plus brillant embelliſſent vos yeux;
L'Amour veut-il enfin récompenſer vos charmes?

ZAIRE.

Quel ſpectacle à mes yeux s'eſt offert cette nuit?
Jamais rien de ſi beau n'avoit frappé mon ame!
Malgré l'éclat du jour cette image me ſuit.
Adolphe!.. j'ay cru voir cet objet de ma flâme
Sur un trône, entouré d'une pompeuſe cour:
Tout trembloit devant luy dans un humble eſclavage,
Je me trouvois moy-même en ce charmant ſéjour,
Et lorſque tous les cœurs venoient lui rendre hommage,
Je jouiſſois de l'avantage
De le voir à mes piés, les offrir à l'Amour.

ZAMIRE.

Le ſommeil par de doux menſonges
Quelquefois donne de beaux jours;
Mais le réveil les rend ſi courts,
Qu'ils s'envolent avec les ſonges.

ZAIRE.

Laiſſez-moy m'occuper du plaiſir que je ſens,
J'aime à rêver encor dans ce lieu ſolitaire;
L'Amour ſcait ce qui reſte à faire,
Pour mieux mériter mon encens.

SCENE II.

ZAIRE.

JE cède à ta voix qui m'appelle,
Amour, acheve mon bonheur;
Pour prix de tous les biens dont tu flattes mon cœur,
Je t'offre une flâme éternelle.

Maître des Rois, tu conduis l'univers
Tu couronnes des cœurs inconnus sur la terre;
Tu forces le Dieu du tonnere,
A sortir de son rang, pour être dans tes fers.

Je cède, &c.

SCENE III.

UN GNOME, sous le nom d'ADOLPHE, ZAIRE.

ADOLPHE.

VOus voyez à vos piés l'Amant le plus fidele,
Et je revois l'Objet que j'aime tendrement;
Vous ne fûtes jamais si belle,
Et jamais mon amour ne fut si violent.

ZAIRE.

Je ne puis vous revoir ſans une peine extrême,
Dans un ſonge à mes yeux vous aviez mille attraits.
Ah! que ne vous vois-je de même,
Tous mes vœux ſeroient ſatisfaits!

ADOLPHE.

Juſte Ciel! eſt-ce à moy que ce diſcours s'adreſſe?

ZAIRE.

Non, non c'eſt à l'Amour qui trahit ſa promeſſe.

ADOLPHE.

Que vous a-t'il promis qu'il ne puiſſe tenir?
Parlez, il peut encor contenter vôtre envie.

ZAIRE.

Banniſſez-moy de vôtre ſouvenir,
Et s'il ſe peut auſſi, que mon cœur vous oublie.

ADOLPHE.

Qui? moi vous oublier! ô Ciel! quelle rigueur!

Je n'entens que trop ce langage,
Quelque rival caché s'oppoſe à mon bonheur;
Mais il n'eſt point encor maître de vôtre cœur;
Il faut manquer d'amour, ou manquer de courage,
Pour ſouffrir un autre vainqueur.

ZAIRE.

Vous m'accuſez d'être volage,
Et vôtre cœur ſe livre à des ſoupçons jaloux;
Ingrat, quand je n'aime que vous,
Ay-je mérité cet outrage?

ADOLPHE.

Le pouvoir de vos yeux s'étend ſur tous les cœurs,
Il n'eſt rien dans le ciel, ſur la terre & ſur l'onde,
Qui ne céde à leurs traits vainqueurs :
Juſque dans le centre du monde,
Ils ſçavent allumer les plus vives ardeurs.

ZAIRE.

A mes foibles appas vous donnez trop d'empire,
Ils ne regnent que ſur un cœur ;
La gloire & le bien où j'aſpire
Seroit de faire ſon bonheur.
Je vois que chaque inſtant redouble vos allarmes.

ADOLPHE.

C'eſt douter trop long-temps du pouvoir de vos charmes,
Connoiſſez où s'étend l'empire de vos yeux.

ZAIRE.

Que vois-je ! où ſuis-je ! ô juſtes Dieux!

L'on voit paroître un ſuperbe Palais. Une Troupe de Gnomes ſous la forme de divers Peuples Orientaux ſe preparent pour la Fête.

SCENE IV.

ADOLPHE, ZAIRE, Troupe de GNOMES ſous la forme de divers peuples Orientaux.

ZAIRE.

QUe tout ce que je vois rend mon ame interdite !
Je ne ſçaurois calmer le trouble qui m'agite.

ADOLPHE.

Rassurez-vous, dissipez vôtre effroy,
Regnez avec Adolphe, en regnant avec moy:
Pouvois-je résister de vous rendre les armes,
Pour la premiere fois que j'apperçus vos charmes?

Ce fut dans ce jardin où la mere d'Amour
Semble avoir fixé son empire:
Vous paroissez, Venus quitte sa cour,
Tout se range vers vous, près de vous tout soupire,
Les Oiseaux enchantez vous parloient de leur feux;
Les Ruisseaux par leur doux murmure,
Rendoient hommage à vos beaux yeux;
Et le Pere de la nature
Pour vous, du plus beau jour faisoit briller ces lieux.
Par tant d'attraits, falloit-il me surprendre?
Quel cœur auroit pû s'en deffendre!

ZAIRE.

Vôtre amour me soûmet tous ces peuples divers,
Et sur vous désormais je regne en souveraine;
Mon destin le plus beau c'est de porter ma chaîne,
Et de vous voir porter vos fers.

ENSEMBLE.

Tendre Amour, enchaine nos ames,
C'est toy seul qui fais mon bonheur;
N'allume jamais dans mon cœur
D'autres desirs, ni d'autres flâmes.

ADOLPHE.

ADOLPHE.

Dans ces lieux ſouterrains où je donne la loy,
Vous qui reconnoiſſez ma puiſſance ſuprême,
Redoublez vos tranſports pour plaire à vôtre Roy;
Mais faites encor plus pour plaire à ce que j'aime.

CHOEUR.

Regnez dans nos climats, jouiſſez de la gloire
De faire triompher l'Amour;
Vos yeux à chaque inſtant augmentent ſa victoire,
Qu'il vous enchaîne à vôtre tour.

UN INDIEN, à ZAIRE.

Recevez l'éclatant hommage
D'un cœur que vous avez dompté,
Triomphez, goûtez l'avantage
D'avoir déſarmé ſa fierté.

La gloire, la magnificence
Ne font plus ſa felicité;
Il ne connoit plus de puiſſance
Que celle de vôtre beauté.

On danſe.

UN INDIEN.

Dans nos climats
Chacun s'engage,
Et la plus ſauvage
Ne reſiſte pas.

Nôtre richesse
Fait nôtre tendresse;
Nous savons charmer
Un cœur rebelle,
Et la plus cruelle
Se laisse enflâmer.

Le Dieu des amours
Se sert de nos armes,
Il n'a point de charmes
Sans nôtre secours.

CHOEUR.

Regnez dans nos climats, jouissez de la gloire
De faire triompher l'Amour;
Vos yeux à chaque instant augmentent sa victoire,
Qu'il vous enchaîne à vôtre tour.

FIN DE LA DEUXIE'ME ENTRE'E.

TROISIEME ENTRE'E.

LES SALAMANDRES,

OU

L'AMOUR VIOLENT.

Le Théatre représente le Palais de NUMAPIRE.

SCENE PREMIERE.

ISMENIDE.

Tyran d'un cœur fidele & tendre,
Que t'ay-je fait, cruel Amour?
Chaque instant, de mes cris retentit ce séjour,
Et tu ne veux pas les entendre.

Hélas! loin de l'objet qui cause ma langueur
Tu me laisses gémir dans les fers d'un barbare,
Et tu permets qu'il me sépare
D'un Amant qui faisoit mon unique bonheur.

Tyran d'un cœur, &c.

PIRCARIDE sous les traits d'ISMENIDE, paroît sur un Char de feu un poignard à la main.

Que vois-je? quel objet se présente à mes yeux?
Juste Ciel! quel couroux l'anime.

PIRCARIDE sort du Char.

SCENE II.

PIRCARIDE, ISMENIDE.

PIRCARIDE.

Pour immoler une victime
Le désespoir me conduit dans ces lieux,
Tu me vois sous ta propre image;
Mais c'est pour mieux servir ma rage.

ISMENIDE.

Qu'entens-je?

PIRCARIDE.

A mes transports jaloux
Reconnois ta rivale.
Pour adoucir ma peine sans égale,
C'est sur toy que je vais faire tomber mes coups.

ISMENIDE.

Barbare, acheve ta vangeance,
Hâte-toy de frapper mon cœur;
Ne respecte dans ta fureur,
Ni mes pleurs, ni mon innocence.

Unique Objet de mes desirs
Cher Idas, toy pour qui j'aurois aimé la vie,
Reçois avec mon sang, lorsqu'elle m'est ravie,
Mes adieux, mon amour, & mes derniers soupirs.

PIRCARIDE,

à part. à ISMENIDE.

Elle aime une autre amant! Parle, explique tes larmes;

ISMENIDE.

Je touchois au sort le plus doux,
Un tendre amant devenoit mon époux,
Lorsqu'un barbare en vint troubler les charmes;
Il m'enleve, malgré l'effort de mon amant:
Vôtre haine à ce prix, est-elle légitime?

PIRCARIDE.

Non, je ne te hais plus.

ISMENIDE.

Terminez mon tourment,
Que la même fureur contre moi vous anime.

PIRCARIDE.

Impitoyable Amour, n'exige rien de moy,
Si pour me faire aimer il faut cometttre un crime;
Et ne serois-je pas moi-même la victime
D'un Ingrat que je veux ramener sous ma loy!
C'en est fait, la pitié triomphe de la haine,
Moi-même à vos malheurs je donne des soupirs;
C'est trop vous paroître inhumaine,
Je vais servir mes feux, en servant vos desirs.

ISMENIDE.

Par quel charme ay-je pu calmer vôtre colere?

PIRCARIDE.

Ne craignez rien, je vais vous rendre à vôtre Amant,
Et s'il se peut, par mon déguisement,
Tromper l'Ingrat qui sçait me plaire.

Vous qui m'obéissez, paroissez à mes yeux,
Venez signaler ma puissance;
Ramenez cet Objet dans les aimables lieux,
Où l'Amour doit bientôt couronner sa constance;
Partez, volez, servez ses desirs amoureux.

ISMENIDE est enlevée par des GENIES.

SCENE III.

PIRCARIDE, sous les traits d'ISMENIDE.

ELle part, & mon cœur n'est point exempt d'allarmes!
C'est sous ses traits qu'amour vient flater mon ardeur;
Quelle honte! mes yeux, pour toucher mon vainqueur
Vous avez besoin d'autres charmes!
C'est envain que l'Amour veut rassurer mon cœur,
Je ne sçaurois calmer l'ennuy qui me dévore;
Je vais m'offrir aux yeux de l'Amant que j'adore,

J'entendray des soupirs pour un autre que moy!
Il m'exprimera sa tendresse,
Tandis qu'il me manque de foy;
O Dieux! il vient, cachons ma honte & ma foiblesse.

SCENE IV.

NUMAPIRE, PIRCARIDE, sous les traits D'ISMENIDE

NUMAPIRE.

JE sens, en vous voyant accroître mon ardeur,
Mille feux dévorent mon ame;
Vous avez par vos yeux allumé plus de flame
Que n'en sçauroit allumer ma fureur.
Hé bien, Cruelle que vous êtes,
N'aurez-vous point pitié des maux que vous me faites?

PIRCARIDE.

Non, rien n'égale ceux que tu me fais souffrir:
Sous ce fatal amour tu scais cacher ta haine,
Helas! si tu m'aimois, tu finirois ma peine,
Mais tu veux me laisser mourir.

NUMAPIRE.

Dieux! pouvez-vous me faire un si sanglant outrage!
Douter de mon amour, lorsque je meurs pour vous;
Qui pourroit me porter de plus sensibles coups?
Mes soupirs, mes transports, ma langueur & ma rage,
Si vous ne les croyez, quel témoin croirez-vous?

PIRCARIDE.

Aime un cœur qui t'adore, & fuis une inhumaine;
Fais ton bonheur d'être constant;
Dois-je compter sur un Amant
Qui brise une si belle chaîne.

NUMAPIRE.

Non, je ne l'aimeray jamais,
Tout vous en donne l'assurance;
Pour être sur de ma constance,
Il falloit avoir vos attraits.

PIRCARIDE.

D'une Amante outragée redoutez la vangeance.

NUMAPIRE.

Pour défendre vos jours j'auray plus de puissance;
Je vous aime, Ismenide, autant que je la hais.

PIRCARIDE.

à part.
Le Perfide! aimez-moy s'il se peut davantage,
Pour partager les maux de mon triste esclavage.
Helas!

NUMAPIRE.

Vous soupirez, vos yeux versent des pleurs,
Ah! si pour moy, l'Amour faisoit couler ces larmes!

PIRCARIDE.

C'est luy qui cause mes allarmes.
Je n'ay pû resister à ses attraits vainqueurs,
Il triomphe, & toûjours sous de feintes rigueurs,
J'ay voulu cacher ma tendresse,
C'est assez déguiser... c'est pour vous qu'il me blesse.

NUMAPIRE

NUMAPIRE.

Que mon ſort eſt heureux!
Je ſuis au comble de mes vœux.

ENSEMBLE.

Amour, ſi j'éprouvay des peines,
Je goute plus les biens que je reſſens;
Qu'il eſt doux de porter tes chaînes,
Lorſque tes plaiſirs ſont charmants.

NUMAPIRE.

Vous, que ma voix appelle,
Venez, par vos tranſports me marquer vôtre zele,
De ces climats brûlants où s'étend mon pouvoir,
Accourez, venez-tous célébrer vôtre Reine;
Que vos yeux enchantez du plaiſir de la voir,
Applaudiſſent au choix que je fais de ſa chaine.

SCENE V.

NUMAPIRE, PIRCARIDE, Troupe de SALAMANDRES ſous la forme, de divers Peuples d'Afrique.

CHOEUR.

CHantons, célébrons nôtre Reine,
Portons nos voix juſqu'aux Cieux,
Le bonheur d'un Amant qui peut porter ſa chaine,
Egale le bonheur des Dieux.

UNE AFFRIQUAINE, à PIRCARIDE.

L'Amour a besoin de vos charmes
Pour se rendre victorieux,
Il triomphe plus par vos yeux
Qu'il ne triomphe par ses armes.
Lorsque vous soumettez un cœur
L'Amour est fier de sa victoire,
Il ne compte pour rien sa gloire,
Quand lui seul en est le vainqueur.

L'Amour a besoin, &c.

On danse.

UNE AFFRIQUAINE.

Ah! quel heureux jour
L'Amour nous présage;
Dans nôtre séjour
Cherchons son esclavage:
Ses vives ardeurs
Ont mille douceurs,
A ses traits vainqueurs
Présentons nos cœurs.
Hâtons-nous d'aimer,
Qui sçait nous charmer
Peut-on être heureux
Sans former de doux nœuds.
Aimons, chantons, rions toûjours
C'est dans nos jeux que regnent les Amours.

On danse.

PIRCARIDE, à sa suite

Finissez ces concerts, vôtre hommage m'offense.

NUMAPIRE.

Qu'entens-je, ô Ciel!

PIRCARIDE.

Reconnois-moy:
En éloignant l'Objet dont tu suivois la loy,
Sous ses traits empruntez j'ay rempli ma vangeance.

NUMAPIRE.

Ismenide, grands Dieux!

PIRCARIDE.

Tu ne la verras plus.
Auprès de ton Rival qu'elle aime,
Elle goûte un bonheur extrême,
Et laisse à ton amour des regrets superflus.

NUMAPIRE.

Suivons la fureur qui me guide,
Allons punir & l'Amante & l'Amant;
Ah! que ne puis-je aussi, Perfide,
T'immoler à ma rage en cet affreux moment.

PIRCARIDE, sur un char de feu.

Icy je brave ta vangeance,
Mon pouvoir égale le tien;
Je vais de ces Amants serrer le doux lien,
Et c'est moi qui prend leur deffense.

NUMAPIRE.

La perfide triomphe, & malgré moy je sens
Les amoureux transports de la plus vive flame;
Elle protege ces Amants!
Où suis-je? quelle horreur s'empare de mon ame!
Je ne puis me vanger, que je suis malheureux!
Du moins, si je ne puis exercer ma vangeance,
Détruisons ce Palais, témoin de mon offense;
Que ne puis-je perir pour éteindre mes feux.

A sa Suite.

Servez les transports de ma rage,
Ravagez ce séjour, qu'il perde ses attraits;
Que le feu dévorant le consume à jamais,
Et qu'il n'offre aux regards qu'une effrayante image.

CHOEUR.

Servons les transports de sa rage,
Ravageons ce séjour, qu'il perde ses attraits;
Que le feu dévorant le consume à jamais,
Et qu'il n'offre aux regards qu'une effrayante image.

Le Palais est détruit par le Feu.

FIN DE LA TROISIE'ME ENTRE'E.

QUATRIE'ME ENTRE'E.

LES SYLPHES, OU L'AMOUR LEGER.

Le Théatre repréſente un lieu préparé pour y donner une Fête galante.

SCENE PREMIERE.

UN SYLPHE.

E ſort a fixé mon Empire
Entre les cieux & les mers,
Je regne en Soûverain dans l'eſpace des airs,
Mais l'unique bien où j'aſpire
C'eſt de charmer l'Objet dont je porte les fers.

Ces lieux ſont ornez pour lui plaire
Amour, ſeconde mes deſirs ;
Si cet Objet charmant demande un cœur ſincere,
Fixe mes vœux, fais durer mes plaiſirs.

SCENE II.

UN SYLPHE, UNE SYLPHIDE.

LE SYLPHE.

NE diſſimulez point, vôtre cœur eſt volage,
Vous ne vivez plus ſous ma loy.

LA SYLPHIDE.

Lorſque vous me manquez de foy,
Vous offenſeriez-vous quand mon cœur ſe dégage?

LE SYLPHE.

Non, je ne croyois pas que dans le même jour
Qu'un aimable nœud nous engage,
Qu'en m'apprenant à connoître l'amour,
Vous m'apprendriez à devenir volage.

LA SYLPHIDE.

Vous devez rendre grace à ma légereté,
Eſt-il un plus grand avantage?
Des douceurs de l'amour vous ſavez faire uſage
En conſervant la liberté.

LE SYLPHE.

L'Amour brille de moins de charmes,
Vous ſavez toucher tous les cœurs;
Sous vos loix il n'eſt point d'allarmes,
On ne goute que des douceurs.

Vous déſarmez le plus rebele,
Il eſt contraint à s'enflâmer,
Si vous n'étiez point infidele
On voudroit toujours vous aimer.

LA SYLPHIDE.

Un Amant tel que vous enchante,
Vous aimez ſans être jaloux:
Vous n'exigez point d'une amante,
De ne ſoupirer que pour vous.

Vous étes dans vôtre tendreſſe
Complaiſant, ſincere & diſcret;
Si mon cœur a de la foibleſſe,
Vous ſçavez garder le ſecret.

LE SYLPHE.

Je ſens que mon amour auroit été fidele,
Si le vôtre eût été conſtant.

LA SYLPHIDE.

Sans le plaiſir d'une flame nouvelle,
J'aimerois encor mon Amant.

ENSEMBLE.

Lance tes traits, remporte la victoire,
Amour, triomphe de mon cœur ;
Non, tu n'as jamais tant de gloire
Que dans une inconstante ardeur.

LA SYLPHIDE.

Je vois ma nouvelle conqueste.

LE SYLPHE.

La mienne doit se rendre au milieu de la Fête.

ENSEMBLE.

Allons préparer des jeux
Dignes de nos soins amoureux.

SCENE III.

FLORISE déguisée en Cavalier, un Masque à la main.

C'Est icy que l'Amour va m'offrir des hommages,
Qui vont faire briller le pouvoir de ses traits ;
Sous ce déguisement redouble mes attraits,
Je vais tromper des cœurs volages.

Amour, sous tes aimables loix,
Tu soumets à jamais mon ame ;
Permets que pour ta gloire & l'honneur de mon choix
Je puisse feindre une amoureuse flame.

SCENE IV

SCENE IV.

FLORISE, LA SYLPHIDE.

FLORISE.

Belle Nymphe, à l'éclat dont brillent vos beaux yeux,
Que de cœurs vont rendre les armes !
Non, non, du Dieu d'amour les traits victorieux,
Sont moins à craindre que vos charmes.

LA SYLPHIDE.

D'une foule d'amants qui vole sur mes pas
Je ne crains point le langage ;
Il est un amant dont l'hommage
Auroit pour moi des appas.

FLORISE.

Et quel est cet amant ? ah ! que je porte envie
Au sort dont vous flatez son cœur ;
Le plus doux instant de ma vie,
Seroit marqué par son bonheur.

LA SYLPHIDE.

La langueur des amants sans cesse me fait rire :
Ils m'adressent leurs vœux, je folâtre toûjours ;
Quand je suis près de vous, je sens que je soupire,
Que me demandent les amours?

FLORISE.

Ah! c'en est trop Nymphe charmante,
Un aveu si flâteur paye assez mes soupirs.

LA SYLPHIDE.

Que nôtre tendresse s'augmente
Par l'espoir de mille plaisirs.

ENSEMBLE.

Formons une chaîne si belle
Au milieu des ris & des jeux:
Vole Amour, viens nous rendre heureux,
C'est la constance qui t'appelle.

SCENE V.

LE SYLPHE, LA SYLPHIDE, FLORISE, Troupes de SYLPHES & de SYLPHIDES, sous divers déguisements.

CHOEUR.

CHantons, ne songeons qu'aux plaisirs,
Profitons de l'age des graces,
Pour mieux répondre à nos desirs,
Les Amours volent sur nos traces.

On danse.

LE SYLPHE, à sa suite.

Ce lieu va recevoir la Beauté qui m'engage,
Vous, qui sous d'aimables déguisements
Venez lui rendre vôtre hommage,
Formez des jeux & des concerts charmants.
Que de son nom ce séjour retentisse,
Applaudissez à mon ardeur;
Qu'à mes transports vôtre zele s'unisse,
Ne songeons qu'à toucher son cœur.

UN MASQUE.

Un dolce canto di vaga belta.
Puel dar si vanto din cantar la liberta,
Ei rende immorta la dea vagante,
El crin volante porger le fa.

On danse.

LE SYLPHE.

Vous ne paroissez point cher Objet que j'adore,
Quelque rival jaloux retiendroit-t'il vos pas?
Sans vous, ce beau séjour est pour moi sans appas,
Venez calmer le feu qui me dévore.

FLORISE, masquée.

Et quelle est la Beauté qui cause vos soupirs?

LE SYLPHE.

Je l'ay vûe un moment, moment trop redoutable
Pour la perte d'un cœur qu'amusoient les plaisirs!
Sans fixer mon amour, les plus tendres desirs
Sembloient me rendre heureux près d'un objet aimable.

Mais, hélas! depuis cet instant
Les soins m'accompagnent sans cesse,
Et j'éprouve dans ma tendresse,
Que mon plaisir est mon tourment.

Florise cause mon martire.

FLORISE.

Je la connois. Cette jeune Beauté
N'aime pas un cœur qui soupire;
L'amant qui folâtre l'atire,
Et l'amant qui se plaint est toujours rebuté.

LE SYLPHE.

Je sçais accommoder ma chaîne
Aux caprices d'un cœur dont je suis enchanté;
Et pour vaincre sa cruauté,
Je ne compte pour rien la peine.

FLORISE.

Elle aime un cœur constant;
Quelquefois un volage
Pour le plaisir du changement:
Pour vous faire à son badinage,
Estes-vous l'un & l'autre Amant?

LE SYLPHE.

L'inconſtance eſt mon partage,
Je ne ſuis conſtant qu'à regret ;
Mais pour charmer un bel Objet,
La conſtance eſt mon tendre hommage.

FLORISE.

Vous étes ce qu'il faut pour plaire à ſes beaux yeux,
Mais de ſon cœur elle n'eſt plus maîtreſſe ;
Et ſon Amant eſt dans ces lieux.

LE SYLPHE.

Ah! de quel coup mortel frappez-vous ma tendreſſe!

FLORISE, ſe démaſquant, & parlant à un Maſque du Bal.

Dorante approchez-vous, digne Objet de mes vœux,
Floriſe veut vous rendre heureux.

LE SYLPHE, ET LA SYLPHIDE.

O Ciel!

FLORISE.

Je vous ai trompé l'un & l'autre,
Mais c'eſt pour mieux ſerrer vos nœuds ;
Aimez, que vôtre amour puiſſe imiter le nôtre,
Jamais rien n'éteindra vos feux.

LE SYLPHE ET LA SYLPHIDE.

Suivons cet exemple ſans peine,
Aimons pour ne jamais changer ;
Le plaiſir de ſe dégager
Ne vaut pas le plaiſir de reprendre ſa chaine.

FLORISE.

Triomphe, fais voler tes traits,
Tendre Amour, regne dans nos Feſtes ;
Fais ta gloire de nos défaites,
Mais laiſſe-nous aimer en paix.

On danſe.

CHOEUR.

Chantons, ne ſongeons qu'aux plaiſirs,
Profitons de l'age des Graces :
Pour mieux répondre à nos deſirs,
Les Amours volent ſur nos traces.

FIN.

APROBATION.

J'AY lû par Ordre de Monſeigneur le Garde des Sceaux, *LES GENIES, Ballet.* A Paris le dixiéme Octobre. 1736.

LASERRE.

PRIVILEGE DU ROY.

LOUIS par la grace de Dieu, Roy de France & de Navarre : A nos amez & feaux Conseillers, les Gens tenans nos Cours de Parlement, Maîtres des Requêtes ordinaires de nôtre Hôtel, Grand Conseil, Prevôt de Paris, Baillifs, Sénéchaux, leurs Lieutenans-Civils, & autres nos Justiciers qu'il appartiendra, Salut. Nôtre cher & bien amé le Sieur LOUIS-ARMAND EUGENE DE THURET, cy-devant Capitaine au Regiment de Picardie ; Nous a fait représenter que, par Arrest de nôtre Conseil du 30. May 1733. Nous avons revoqué le Privilege qui avoit été accordé au Sieur le Comte & ses Associez, pour raison de l'Academie Royale de Musique, ses circonstances & dépendances, & rétabli ledit Privilege en faveur dudit Sieur Exposant, pour en joüir par luy, ses Associez, Cessionnaires & Ayans-cause aux charges & conditions portées par ledit Arrest, pendant le temps & espace de vingt-neuf années, à compter du premier Avril de ladite année 1733 & que pour l'exploitation dudit Privilege, ledit Sieur Exposant se trouve obligé de faire imprimer & graver les Paroles & la Musique des Opera qui doivent être représentez; mais que pour cet effet il a besoin de nôtre permission & des Lettres qu'il Nous a tres-humblement fait supplier de luy accorder. A CES CAUSES, voulant favorablement traiter ledit Exposant: Nous luy avons permis & permettons par ces Présentes de faire imprimer & graver *les Paroles & Musique des Opera, Ballets & Fêtes qui ont été ou qui seront représentez par l'Academie Royale de Musique, tant séparément que conjointement* en tels Volumes, forme, marge, caractere, & autant de fois que bon luy semblera, & de les faire vendre & débiter par tout nôtre Royaume, pendant le temps de vingt-neuf années consecutives, à compter du jour de la datte desdites Presentes. Faisons défenses à toutes personnes, de quelque qualité & condition qu'elles soient d'en introduire d'Impression ou Gravûre Etrangere dans aucun lieu de nôtre obéïssance : Comme aussi à tous Imprimeurs, Libraires, Graveurs, Imprimeurs, Marchands en Taille-Douce, & autres de graver, ny faire graver, imprimer, ou faire imprimer, vendre, faire vendre, débiter ny contrefaire lesdites Impressions, Planches & Figures de Paroles, de Musique des Opera, Ballets & Fêtes, qui ont été ou qui seront representez par ladite Academie Royale de Musique, tant separément que conjointement en tout ny en partie, sans la permission expresse & par écrit dudit Sieur Exposant, ou de ceux qui auront droit de luy ; à peine de confiscation, tant des Planches & Figures, que des Exemplaires contrefaits & des Ustanciles qui auront servy à ladite contrefaçon, que Nous entendons être saisis en quelque lieu qu'ils soient trouvez ; de dix mille livres d'amende contre chacun des Contrevenans, dont un tiers à Nous, un tiers à l'Hôtel-Dieu de Paris, l'autre tiers audit Sieur Exposant, & de tous dépens, dommages & interests, à la charge que ces Presentes seront enregistrées tout au long sur le Registre de la Communauté des Libraires & Imprimeurs de Paris, dans trois Mois de la datte d'icelles ; Que la Gravûre & Impression desdites Paroles & Opera sera faite dans nôtre Royaume & non ailleurs, en bon papier & beaux caracteres, conformément aux Reglemens de la Librairie, & notamment à celui du dix Avril 1725. & qu'avant que de les exposer en vente, les Manuscrits gravez ou imprimez seront remis dans le même état où les Aprobations, auront été données ès mains de nôtre tres-cher & feal Chevalier Garde des Sceaux de France, le Sieur Chauvelin ; & qu'il en sera ensuite remis deux Exemplaires de chacun dans nôtre Bibliotheque publique, un dans celle de nôtre Château du Louvre, & un dans celle de nôtre tres-cher & feal Chevalier Garde des Sceaux de France, le Sieur Chauvelin ; Le tout à peine de nullité des Presentes ; Du contenu desquelles Vous mandons & enjoignons de faire joüir ledit Sieur Exposant, ou ses Ayants-cause, pleinement & paisiblement sans souffrir qu'il leur soit fait aucun trouble ou empeschement. Voulons que la Copie desdites Presentes, qui sera imprimée tout au long au commencement ou à la fin desdites Paroles ou Opera, soit tenuë pour dûëment signifiée ; & qu'aux Copies collationnées par l'un de nos amez & feaux Conseillers & Secretaires, foy soit ajoûtée comme à l'Original. Commandons au premier nôtre Huissier ou Sergent, de faire pour l'execution d'icelles tous Actes requis & necessaires, sans demander autre permission, & nonobstant Clameur de Haro, Chartre Normande & Lettres à ce contraires. CAR tel est nôtre plaisir. DONNE' à Fontainebleau le douziéme jour de Novembre, l'An de Grace mil sept cent trente-quatre, & de nôtre Regne le vingtiéme ; *Et plus bas*, Par le Roy en son Conseil. *Signé* SAINSON, avec paraphe.

J'ay cedé à M. BALLARD le present Privilege, suivant le Traité fait avec luy le premier Septembre 1730. A Paris ce 23. Novembre 1734. DE THURET.

Registré ensemble la Cession sur le Registre VIII. de la Chambre Royale des Libraires & Imprimeurs de Paris. N. 797. fol. 779. conformément aux anciens Reglemens confirmez par celuy du 28. Fevrier 1723. A Paris le 23. Novembre 1734. G. MARTIN, Syndic.

www.ingramcontent.com/pod-product-compliance
Ingram Content Group UK Ltd.
Pitfield, Milton Keynes, MK11 3LW, UK
UKHW021130230726
13926UKWH00002B/712

9 782014 452648